감정이
넘쳤다

성은

_____ 에게

나만의 책 만들기

이루고 싶었던 버킷리스트 중 한 가지,
그 도전 한번 해보렵니다.

도전은 아름답고
그 무모한 도전을 하겠다고
용기를 주었던 사람들은 더 아름답습니다♬

글쓴이의 말

이

성

은

욕심은 많았지만 의욕만 앞섰기에 시도만 여럿·· 마음은 짓지 못하고 꿈만 가득했다. 정신 차리고 보니(사실 지금도 정신을 차렸을까 의문이지만) 벌써 30대를 향해 가고 있고. 한 살 한 살 먹어감에 빠르게 지나가고 있는 시간들이 얼마나 소중한지 그 날 이후로부터 그때의 감정들과 그 날의 하루를 기록하기 시작했고. 이렇게 짧은 책을 낼 수 있었다. 참 부족하고 나의 생각과 개똥철학들이 글에 잘 묻어나올지는 모르겠으나. 그냥 그저 있는 멋대로 끄적여보았다.

완벽한 사람이 되고 싶으나. 살짝은 근접해지고 싶어 노력하는 것에 의미를 두다 그걸로 되었다. 오늘도 하나를 더 이룬다 생각하며 스스로를 위로한다.

차
례

감정이
넘쳤
다

#1. 사는 게 참 꽃 같다

글자 하나가 다를 뿐인데 그 의미는 천지차이
인생이 참 꽃 같기를 바라지만, 어째 내 마음대로 되지 않는지
그러니까 인생이라 하는 거겠지
언제는 살고 싶지 않다가도 또 언제는 살아감을 간절하게
만드는 인생이지만
한번 사는 인생, 그냥 꽃 같은 인생으로 만들어 가보자.

#2. 그래, 그게 '나'이고 싶어

자세히 보아야 예쁘다
오래 보아야 사랑스럽다
너도 그렇다

내가 제일 좋아하는 시 나태주 시인의 풀꽃

나도 내가 좋아하는 사람들에게 좋음 당하고
기억에 남는 나였음 해요

 - 내 소중한 사람들에게

#3. SALE

매번 아쉽게 한다. 참
일주일 생각해보고 생각하고 돌아왔더니 매정하게 그렇게
사라지니

나를 자책하며 포기했다.
하지만 자꾸만 생각나

그래, 이제는 포기하자고 굳은 다짐을 했더니
다시 홍보를 하고 앉아있네

나, 또 너만을 기다려
그땐 바로 GET

#4. Day Of Week

월 월 워워뤄뤄렬 화화수우목금될

? ? ? ? ? ? ?
나의 일요일 어디감

눈뜨니까 월요일이야

#5. 미세먼지

아침에 일어나서 클로버에게 제일 먼저 하는 말
"오늘 미세먼지는?"
"미세먼지 나쁨, 미세먼지 농도 최악"
~ 하 ~
나가기도 전에 숨이 콱... 휑
옛것들이 참 그립다
청명한 하늘도, 사람들의 순박함도
지금은 다 예전 같지 않아서 예전 것들이 다 그리워

#6. 핸드폰보정 어플 만드신 분께
감사드립니다

오늘은 유독 참 감사해요

얼굴 권태기가 심한 오늘,
거울을 보고 "웬 누렁이가 있나 싶었어요."
우울했는데,

지금 핸드폰 속 내 모습은, 참 마음에 드네요.
당신이 나를 아름답게 해주는 건 너무 감사한 일이에요

지나가는 내 모습들을 보다 더 아름답게 남기고 싶어요.
전 열심히 당신이 죽지 않게 충전을 해드리겠습니다.

#7. Ferrero Rocher(페레로 로쉐)

책상 위 멀리서도 반짝반짝
캄캄한 어둠 속에서 얼마나 답답했을까
그 답답함을 풀어주기 위해 금색 금박지를 정성스럽게 까주니
까~만 속실이 보이네. 얼마나 시원할까
미안하지만. 나오자마자 내 입 속으로 쏘옥

아이고. 정말로 맛있구나♥
너로 인해 내 기분은 UP!UP!

#8. YOLO(욜로)와 YOLA(욜라)

인생은 단 한번
현재의 삶을 즐기자 에서 나온 말로(YOLO).

현재 행복을 중요시하다고 말하면서도 때론 그런 삶은
'사치'라고 말한다.
자기가 대신 해줄 것도 아니면서 지적 질은
YOLA(욜라)한다.

내 삶은 내가, 끼어들지마시오.
뭐라고 하는건 YOLA싫어 욜라싫어

#9. 내 이름 삼행시

음 그냥 갑자기 내 이름으로 삼행시 짓고 싶어서요

이 성은
성 격을 말한다면?
은 은하게 스며드는 마성의 매력?

#10. 구려

미래의 내 남편이 나에게 해줬으면 좋겠는 말들

당신 참 예쁘구려.
참 아름답구려.
그럴 수도 있겠구려.
참 잘 살았구려
대단하구려.
행복하구려.
세상에서 제일 사랑하구려.

#11. 어른으로 가는 길

처음에는 몰랐다
그 많은 것들을 감수해야 하는지
내 감정도 모든 걸 다 표현을 하면 안 된다는 것도.
하고 싶은 것들을 쉽게 할 수 없다는 것도.
왜 그렇게 해야 하는 건지 알 수 없는 이유들로 가득하다
아는 게 더 많아질 줄 알았는데 모르는 것들이 더 많아지는 것이
슬픈 걸까
알아도 그렇게 하지 못 하는 게 슬픈 걸까

#12, 글을 쓴다는 게

글을 쓰는 사람에게 미안하지만,
쓰기 전까진 내 감정을 글로 쓰는 건데 어려울까? 라고
생각했다

이리도 어렵다는 건 쓴 사람만 알 것이다
머릿속에 있는 복잡한 내 감정들을 글로 표현 한다는 게
정말 어렵다는 것을··
나의 오만함이 가득했다는 걸

아직은 너무도 부족한 나를 돌아보며 조금 더 성숙한 내가
됐으면

#13, "굉장히"

어떤 인플루언서가 말했다
"굉장히" 라는 단어를 쓰면 굉장히 좋다고.
그 단어가 기억에 남아서 그랬던 걸까
어느 순간부터 내 입에서 "굉장히"라는 단어가 들리면 굉장히
기분이 좋아지는
굉장한 효과가 나타나는 거 같아!

굉장히 !!!

#14. 시선

예전에는 남의 시선이 무서웠다
나를 어떻게 생각하지?
항상 궁금하고 신경이 쓰였다

왜 그렇게 남의 시선을 신경을 썼을까
그런데 생각보다 이 세상 사람들은 내가 생각한
것만큼 나에게 관심이 없다는 걸

안다고 한들,
내가 어떻게 생각한들 내가 거기에 의미를 두지 않으면
된다

#15. ♥

사랑하는 사람이 생겼어요
사랑하는 사람이 있다는 것은 참 행복한 일이에요

기댈 수도 있고,
오늘 하루일과를 같이 얘기할 수도 있고
힘들어도, 같이 이겨낼 수 있고
같이 웃을 수 있고
같이 할 수 있다는 게 너무 행복한거 같아

모든 게 핑크빛이야

#16. 했노라

우리 함께 했노라

비록 짧다면 짧고, 길다면 긴 6개월,
서로에게 최선을 다했노라
서로를 아꼈고, 서로에게 잘했노라
앞으로 더 행복한 모습을 보여주겠다고 다짐했노라

#17. 배려

배려란 남을 도와주고 보살펴주는 마음이라 한다

요즘 들어 낯설어진 단어 배려
내 배가 불러도 남에게 배 풀려 하지 않는다
왜일까?
먼저 양보하고 배려하면 결국 더 많은 것을 얻게 된다는 건 다
옛말이 된 거 같기도

#18. 작심삼일

누가 포기가 빠르다여 뭐라고 하는가
시작도 하지 않으면 아무 일도 일어나지 않지만
일단 시작하면 무슨 일이야 일어나고 있는 중인 것이다

삼일이야 삼일까지 가는 것도 대견하다
그렇게 천천히 아주 조금씩 습관을 들이면 되는 것이야

나는 습관을 조금 바꾸기로 했다 에서처럼
어떤 습관을 버릴 때 그것을 금지하는 말을 사용 하지
말고
예를 들어 "술을 마시면 안 된다" 가 아니라 "술을
마시지 않아도 된다" 로 바꿔 생각하는 연습을 하자라고
했다

그럼 조금 더 흥미롭게 다짐한 걸 보다 더 할 수 있지
않을까?

#19. 하루하루

어제는 행복했다가, 오늘은 그저 그런 하루
내일은 어떤 하루가 올지 몰라서 걱정이 앞서고

어제와 오늘이 지나가고 있지만

내일은 어떨지 두려워 하지말자
하루 기분은 내가 만드는 것
내 마음먹기 따라 다른 것
그 걱정보단 마음가짐을 가지는 건 어떨까
'행복한 마음가짐'

#20. 푼돈이 목돈이 된다

내 현금은 적고, 귀엽다
작고 귀여운 애도 큰 것이 될 수 있다는 희망을 가지고
열심히 모아본다
이번년도는 목표금액을 꼭 달성하길 바란다
티끌모아 태산은 괜히 나온 말이 아니다

내가 사랑하고 아끼는 사람들에게
* 2019년에는 이루고 싶은 거 꼭 이루세요 ⭐

#21. 오늘은 그냥,

오늘은 그냥
그냥 기분이 그래.
그럴 땐 그냥 들숨날숨 쉬면서 그런 나를 받아 들이자구요.

#22. 그런데

그런데.. 그러려고 한건 아니 였어
그런데... 어쩔 수 없었어
그런데...

그냥 미안하다고 말하기가 어려웠나요?
그냥 안아주세요
변명하지 마십시오

서로가 더 다칠거예요

#23. 원래

"나는 원래 그래"

나는 원래 그러하니 네가 이해해라.
남에게 자기를 합리화하는 가장 배려 없는 말
내게 제일 가까운 사람이 이런 단어를 쓸 때,
가슴이 애리다

원래의 이전에 지금의 모습이 만들어지기 전까지 그려진
않았을테니.
그래서 원래는 처음부터 없는 것

원래 그랬다고 한들.
사랑은 변하게 한다. 원래의 나를

#24. 노력

익숙해지는 만큼
옆에 있음이 당연했고,
때론 고마움도 잊고 살아요

내가 생각하는 누군가와 관계를 유지하기 위해
어떤 노력을 했는지
어떤 관심을 기울였는지
관심이라 말하기 전에 그 사람이 힘들어하는걸
알아챘는지

좋은 관계를 오래 유지하는 것도 노력이 필요한 것입니다
행복이란, 특별한 곳에서 오지 않는다

#25. 무슨 말을 해야 네가 힘을 낼까‥

아끼고 사랑하는 내 사람들에게

많이 힘들지‥ 힘내지 않아도 괜찮아
지금 당장 전화해

#26. 오늘 따라 되게 별로네

잘한다 잘한다 해주니
내가 정말 그런 줄 알았다

살다보니 자만속에 갇힌 똥멍청이 라는걸
현재의 내 모습에 만족하지 말고 겸손함으로 삶을
임하거라

네

다행이다 지금이라도 알게 되서
잘한다 잘한다에서 자라는 걸로

#27. 火

화가 날땐, 내 마음대로 했어요
공격적인 말로 상처주고, 윽박을 지르며
내가 받은 상처를 바로 상대에게 비수를 꽂아줬지요
그래서 제 마음이 편했을까요?
잠시 편하자고 여친을 생각하고 후회했어요
그러고 나서 생각했죠
마음의 불씨를 크게 키우지 않겠다고요

사람이니 화가 나는 건 당연하지만,
화가 난다고 해서 무작정 화를 내는 건 나를 잃는 것이기도
합니다
화가 났을 때는 참지 말고 지혜롭게 화를 내는 법을 배우세요
숨을 고르며 생각 정리를 해보세요
분노를 가라앉는 자신을 관찰해주세요
자신을 믿어주세요
그러면 고통은 줄어 들 것입니다

#28, 야식

행복하려고 먹었는데
후회를 하는 나

하나만 해

#29. 미련

계속 미련이 남는다면
그냥 내버려 두세요
아쉽던, 아프던, 힘들던
그것도 내 마음이고
잊을 때까지 마음가는대로 하십시오
감정을 가둬두는 것도 나에게 참 못할 짓입니다

#30. 이제는

예전에는 이것도 저것도 해도 별 탈 없는 그 나이
행동에 대한 책임감과 진중함도 덜 했고, 아무리 놀아도
몸도 힘들지 않았다
이제는
체력이 예전 같지 않다는 것도,
어떠한 행동을 하였을 때, 그만큼 어깨도 훨씬 더
무거워진다는 것도
이제는 어른이라는 것도
이 모든 게 자연스러워지는거라며
삶에 순응하는 것도 알게 되었다

#31. 가긴 가는구나

기억하고 싶지 않은 기억이,
참으로 아팠다고 생각했던 시간들이
가긴 가는구나
시간이 가긴 가는구나
기억이 흐려지고
상처가 아물어가며
흔적조차 나지 않는구나
그래서 다시 시작할 수도 있게 되는구나

#32. 당연한 것이

알면서도 잊게 되는 말
혜인스님의 말씀
익숙함에 속아 소중함을 잊지말자

네가 있음이 당연해져버렸고
네가 없을 때면
어느 순간 나도 모르게 스며들어서는
가슴 속을 비집고 파고든다

소중해하고 아낄게 그러니까
내 옆에 있어줘요

#33. 아무말 대잔치

환장하겠네

아무말 대잔치란
뇌에서 필터링을 하지 않고 아무말이나 막 내던지는

오늘따라 머리 속에 있는 말이 마구마구 쏟아져 나온다
"덥다", "졸리다", "집에 가고 싶다", "그만 두고 싶다"
옆에 상사 분이 계신지도 모르고
"그럼 영원히 집에 갈래?"

하하 열심히 일 해야지
암. 그래야지

#34, 하고 싶은 말

할 수 있을 때 많이 해야되는 말
가슴에만 담고 있는 말
입 밖으로 많이 내뱉지 못했던 말

정말

(보고싶다)
(좋아한다)
(사랑한다)

#35. 참 고맙다

20대 후반,
부쩍 예민해져있는 나입니다
주변에는 온통 가시가 박혀있고, 온몸에 전기가 찌릿찌릿 합니다

그런 저를 기다려줘서 고맙습니다
다 그럴 때가 있다며 그래도 괜찮다며 내 옆을 지켜준
사람들에게
난 참 행복한 사람이라고

나도 내 사람들에게 받은 사랑 베풀겠습니다

#36. 새벽 🌙

평소보다 한잔 더 먹었던 커피 탓일까
잠이 오지 않았던 새벽
눈커풀은 잠기는데 정신은 깨어있는 그런 날,
오늘은 유독 바깥세상 소리에 귀를 기울여진다
편의점 앞 테라스에서 늦게 까지 술을 먹는 소리
늦은 새벽 통화하는 소리
전화기 너머 소리까지 다들리는 거 같다
그리고, 어떤 사람은 무엇이 그렇게 힘들었기에 그렇게
고함을 질렀을까

궁금했다
마치 나 같아서
고뇌에 젖어 어설프게 간신히 잠들었던 기억이

#37. 적당한 온도

사람은 참 상대적
가까이 다가가면 멀어지고
내가 멀어지면 가까이 다가온다

가까이 지내고 싶다고 계속 다가가면 멀어지고
상대가 나에게 오라고 계속 밀어내면, 영원히 멀어진다

세상에 이치라는게 알면서도 제일 어려운
참 멜랑꼴랑해

#38. 그래, 니 잘났다

무슨 말 만 하면 태클 거는 사람 있죠?
자기가 제일 잘났고, 최고라고 하는 사람 있죠?
그럴 땐
그냥 그래 니 잘 났다 하며 놓아주세요
인정해주세요
괜한 감정 낭비 하지 마십시오

Bye

#39. 한 마디

알 수 있죠. 한마디를 하면
그 사람을

말은 사람의 얼굴입니다
자기 얼굴에 침 뱉지 맙시다 퉤

#40. 나 잘하고 있지?

하루에도 수십번 변하는 감정들에 휩쓸려
나 열심히 살았다고 자부했는데
뒤 돌아보니 아무것도 이룬 것이 없다고 생각하여
뭐했지? 라는 생각에 자책하고 한 없이 작아지고
그냥 흘러갔던 시간이 야속하기만 했어

그런데, 아니
이런 고민한다는 게 잘 하고 있다는 것 일수도

#41. 후회

음. 더 잘 한사람이 후회가 없다고 했던가
분명. 더 사랑한 사람이 최선을 다했다며 후회가 없을거라
했다
그래서 그런 줄 알았는데 왜 더 애리고 아파..

#42. 어제 오늘 또 다른 변덕

며칠 전에는 허송세월 보냈다며 자책하다 오늘은 유난이도
기특하네

하루하루 긁적여본지 벌써, 17년
글 쓰는 솜씨는 여전히 형편없지만 거짓이 없고 솔직하다

굉장히 사소해보이지만
그런 하루하루 꾸준히 긁적였던 나를 칭찬해주고 싶은 날
새삼 기특하다

쑥쓰러워도 칭찬에도 익숙해지자요:)
b

#43. 나 살기 바빠서

나 살기 바쁘다고 귀찮아하는 내 목소리
수화기 너머로 얼마나 속상했을지 가늠이 안 된다
그럼에도 싫은내색 하지 않으시고
밉지도 않은지
밥은 잘 챙겨먹었냐고
한결같은 목소리로 걱정 뿐
나이만 먹었을 뿐 아직 나는 어른이 되려면 멀었나 보다
너무한걸 알면서도 똑같은 실수만 반복하는 불효녀
부모님이 작아지기 전에 더 잘 할 순 없니
후회하지 말고.

(남한테는 그렇게 잘하면서)

#44. 할말은 하고 살련

괜찮은 사람이 되고자하여
나에게 함부러 대해도 나쁜사람으로 보여질까 참고,
상처받고

내 속은 염증이 나 곪아 터지고 있어
이러다가 안되겠다 싶어
그냥 나는 나대로 살기로 했다
하고 싶은 말이 있으면 그 자리에서 하는 걸로,
그런 후 였을까
더 이상 나를 함부러 대하지도 않았고 오히려 사이도
돈독해졌고 마음도 평온해졌다
아직은 몇 명은 여전하지만,
그럴 땐 그냥 쓰레기는 쓰레기통에

#45. 공감하는 말

있다고 다 보여주지 말고,
안다고 다 말하지 말고,
가졌다고 다 빌려주지 말고,
들었다고 다 믿지 마라

셰익스피어 리어왕 중에서

그래,
스쳐 지나갈 사람은 뭘 해도 다 가고
옆에 있을 사람은 뭘 해도 옆에 있다

#46. 바라다

나도 내 마음을 잘 모르면서
남들보고 내 마음을 알아달라고 바라는게
얼마나 큰 욕심인지 알면서도 알아 줬으면 좋겠는 마음.

#47. 니가 나로 인해 웃으면 나도 좋아

마음에 드는 사진이나 글귀를 보면
저장을 해두는 것처럼

나도 그렇게 기억되고 싶어
너만의 공간에 담아두고 싶은 그런 사람

앞으로도 너에게 가장 먼저 떠오르는 사람일거야

#48. 2(이해)+2(이해)는 누가 4(사랑)이라 하였는가

이해에서 이해를 더했더니 사랑은 됐고
섭섭함이 더해졌다
괜찮다고 했더니 정말 괜찮은 줄 안다
사실 괜찮지 않은데…,
그런 감정들이 커지지 않게 도와줘
무너지지 않게

#49. 변명

변명을 자주 하는 사람이 있다

자신이 잘 못했어도, 요 상황 저 상황을 설명하는,
변명은 문제를 해결하는데 전혀 도움이 되지 못하는 방법이다

그건 그냥 변명일 뿐이고, 회피하는 것입니다

잘못했을 경우 잘못을 바로 인정하시고
솔직해지세요
계속 그런 사람과는 함께 하고 싶지 않거든요

- 잘못을 변명할 때 그 잘못이 더 두드러져 보인다
  셰익스피어

#50. 힘이 들 땐 그냥 노래를 들어봐♪

비가 오는 날, 버스 창가에 비친 나를 보았어
말 없이 앉아있는 나를 보았어

그럴 땐 노래를 들어
리듬감 있는 노래는 나와 어울리지 않는 노래야
오늘은 감미롭고 조용한 노래를 들어줘
눈을 감고 들어봐

그러면 기분이 좀 나아질거야

#51. 누구보다 나를 가장 소중히 여겨줘

모든 하루를 공유하는 우리
우린, 침묵함에 어색해하지 않고 말을 하지 않아도 편한 사이

그 사람은 내 옆에서 귀를 기울였고
그런 작은 소소함이 모여 더 깊어진 우리

우리 계속 그렇게 만나자 :)

#52. 고마워

세상에 고마운 사람들에게

내 옆에 있어줘서 고마워
이야기 들어줘서 고마워
내 마음 같이 화내주고 내 편 들어줘서 고마워
응원해줘서 고마워
묵묵히 기다려줘서 고마워
정말 많이 힘이 됐어
고마워

#53. 인간관계의 덫

누구나 관계의 덫에 빠질 수 있습니다
이 세상은 혼자 살아갈 수 없기에 우린 갈등을 지혜롭게
풀어나갈 수 있어야 합니다

상대방을 자기 생각대로 판단 하지말고
남은 틀렸다는 생각을 하지마세요
그냥 나와 다르다는 걸 인정하시고 평온함을 찾으세요

#54. 엄마

안녕, 엄마
우리 엄마

어떻게 키웠는데

어렸을 때부터 욕심이 많았던 나
있는 돈 없는 돈 다 모아서
이거, 저거 다 배우게 해주겠다고

예전이나 지금이나 그 감사함을 알까
소녀가 되어버렸다고 그 토라짐에 헤아려주는 것도 잘하지
못하는데

다른 사람에게는 늘 이성적이려고 노력했는데
엄마 앞에선 감성이 앞섰던 나
받는 것이 너무 당연 했어

엄마도 나와 같은 사람이고 여자인데
이제는 나도 엄마를 인정해주고, 되돌려 드리고 싶다

사랑합니다

#55. 아빠

안녕, 아빠
우리 아빠

사춘기였던 나,
모든걸 맞춰주시던 그 모습이 여전히 선명하다
갖고 싶고, 하고 싶은 것이 얼마나 많았는지

사지 못하게 하는 모습보다
남에게 시기하지 말라며 다 갖게 해주셨던 아빠

다 커서 알게 된건데
넉넉지 않았던 삶에 죄송했고 참 행복했다

그래서 이렇게 바르게 컸나보다

어렸을 때 넘을 수 없던 아빠의 큰 뒷모습이
지금은 그렇게 커보이진 않아 가슴 한편 아려온다

이젠 내가 배로 갚을게

사랑합니다

#56 감사합니다

감
정
이

넘
쳤
다

초판 1쇄 2019년 8월 22일

지은이 | 성은

펴낸곳 | 한국전자도서출판
발행인 | 고민정
주 소 | 서울특별시 중구 을지로 14길 20, 5층 출판그룹 한국전자도서출판
홈페이지 | www.koreaebooks.com
이메일 | contact@koreaebooks.com
전 화 | 1600-2591
팩 스 | 0507-517-0001
원고투고 | edit@koreaebooks.com
출판등록 | 제2017-000047호
ISBN | 9791186799376 (03810)